我的學校

25週年紀念版

我家附近的流浪狗

文・圖 賴馬

我家附近
有好多流浪狗。

牠們又髒又臭，
還會到處大、小便。

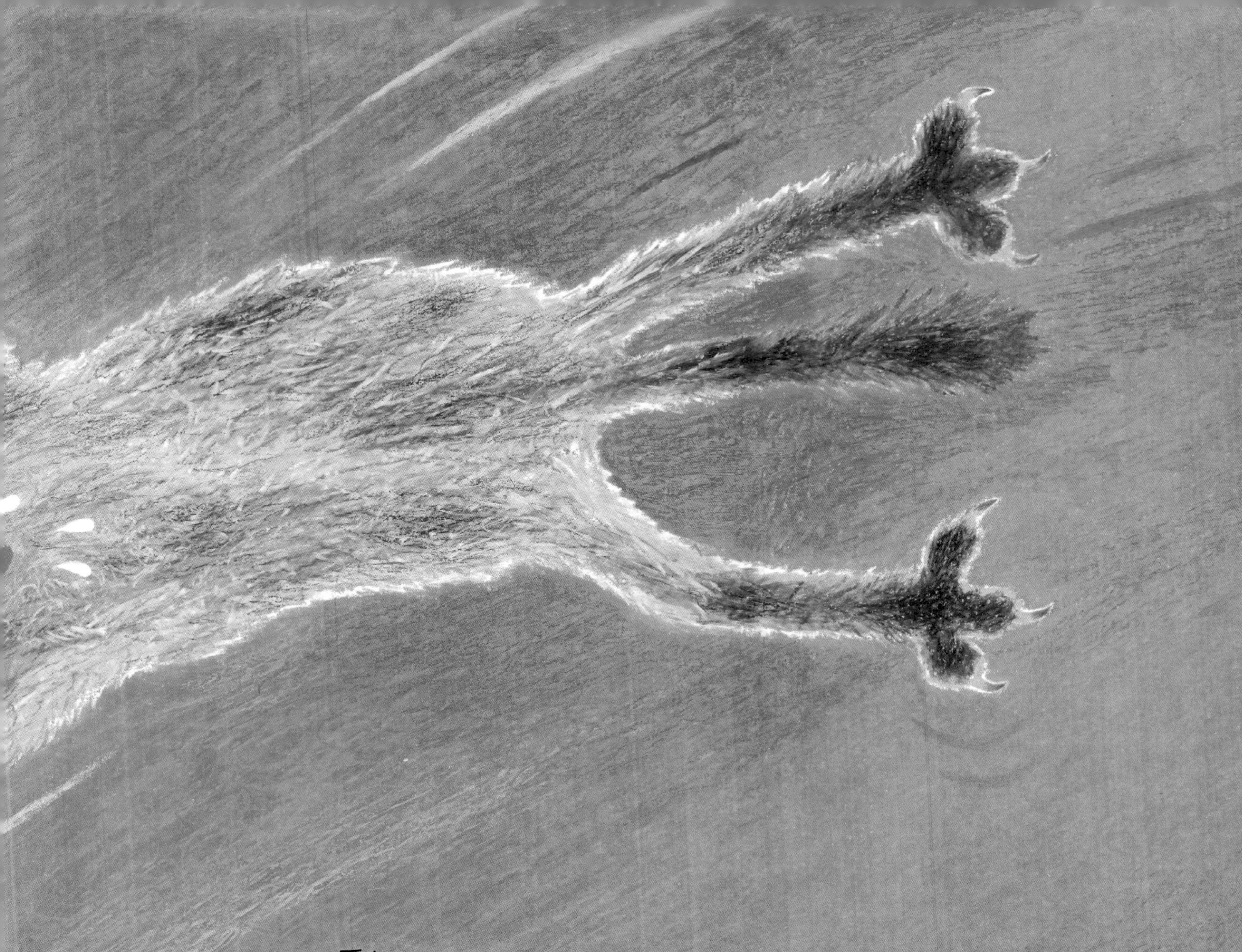

聽說，
牠們有時候還會咬人呢！

UUQ

這實在是

太可怕了！

每次，我出門的時候，
都很怕遇到牠們。
有時候，我會裝成一棵樹，

結果，
卻踩到了狗大便。

我還和爸爸
畫了一張
去學校的地圖，

我的學校
終點
為的就是要
找一條
沒有狗的路

草莓
南瓜
我的同學阿吉
也和我一樣，

每天都要繞好遠的路，
才能到學校。

爸爸說，很多流浪狗
本來都是有主人的，因為某些原因，
被主人趕出來，才變成了流浪狗。

狗好可憐喔!

狗好可憐喔!

我覺得那些養狗的人，
真是太不應該了。

星期六晚上，街上傳來
一陣吵雜的聲音。
原來是捕犬隊來了。

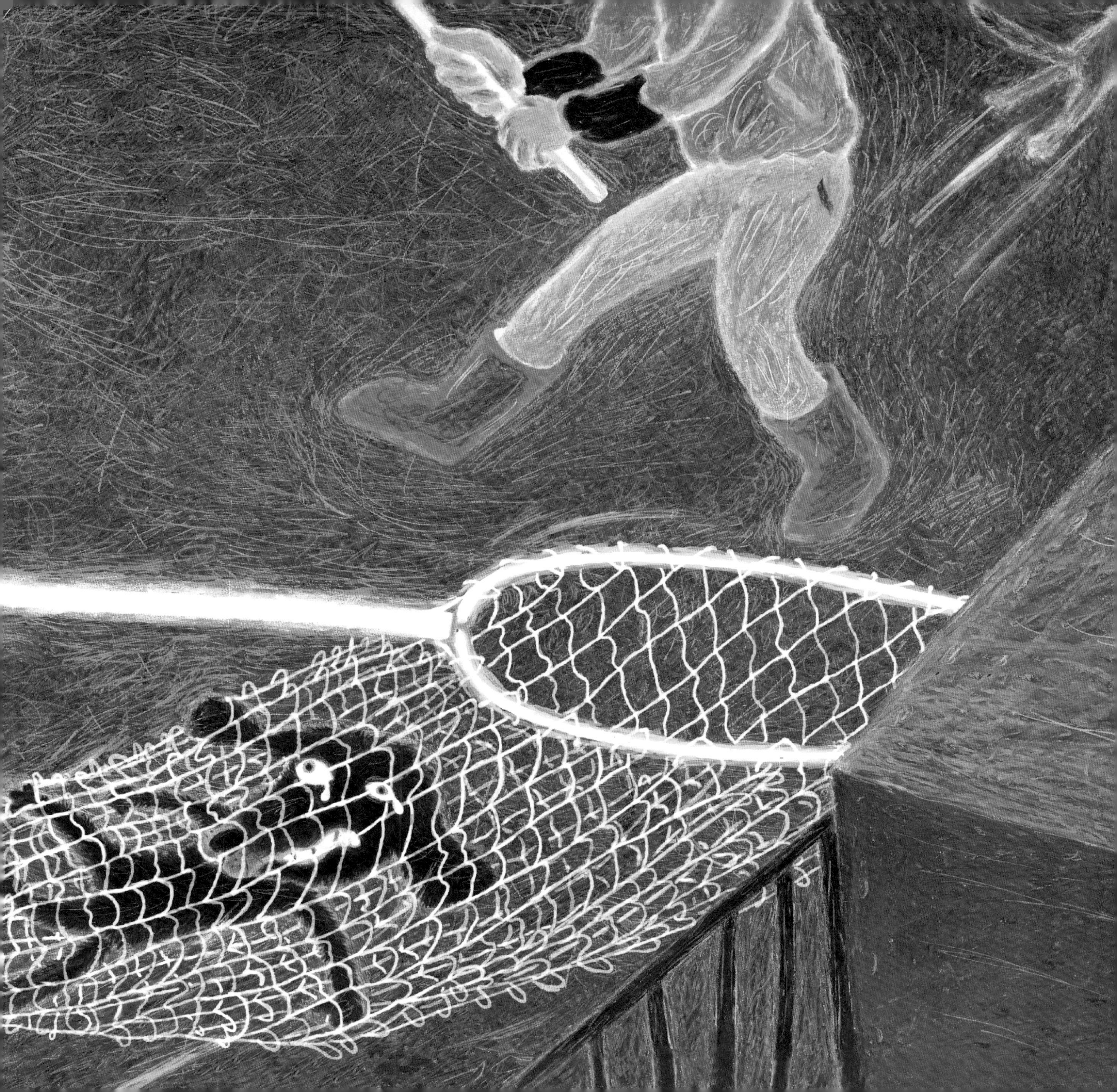

GO-9958

隔壁的阿毛哥哥說：
「被捉走的流浪狗，
只有少數會被收養，
其他的都會被收容所
關起來！」

第二天，我在草叢中發現了
兩隻小狗，肥嘟嘟的，好可愛！
沒想到，又髒又醜的流浪狗
會生出這麼可愛的小狗。

咦？狗媽媽不在牠們身邊，
是不是被抓走了？

我想養
牠們！

爸爸說：「你要養小狗，
你就得每天餵牠吃飯、帶牠去散步，
還要幫牠洗澡，清理牠的大小便，
萬一生病了，你還要帶牠去看獸醫。
這些，你都做得到嗎？」

我想了一想，

決定，還是抱抱我的小布狗就好了。

爸爸，你看！
汪！
汪！

你要不要抱一下？
好啊！

25週年紀念版 繪本0309

我家附近的流浪狗

文圖｜賴馬
手寫字｜賴咸穎、賴拓希
審訂｜行政院農委會動物保護科技正 陳宜鴻、

兒童科普作家 胡妙芬、
拼圖喵生命平權協會創辦人 陳人祥

封面設計｜賴馬、賴曉妍
責任編輯｜黃雅妮 特約編輯｜劉握瑜
美術編輯｜賴曉妍 美術設計｜賴曉妍、賴馬
行銷企劃｜高嘉吟、翁郁涵

天下雜誌群創辦人｜殷允芃 董事長兼執行長｜何琦瑜
媒體暨產品事業群
總經理｜游玉雪 副總經理｜林彥傑 總編輯｜林欣靜 行銷總監｜林育菁
副總監｜蔡忠琦 版權主任｜何晨瑋、黃微真

出版者｜親子天下股份有限公司 地址｜台北市104建國北路一段96號4樓
電話｜（02）2509-2800 傳真｜（02）2509-2462 網址｜www.parenting.com.tw
讀者服務專線｜（02）2662-0332 週一~週五：09:00~17:30
傳真｜（02）2662-6048 客服信箱｜parenting@cw.com.tw
法律顧問｜台英國際商務法律事務所・羅明通律師
製版印刷｜中原造像股份有限公司
總經銷｜大和圖書有限公司 電話：（02）8990-2588
出版日期｜2022年9月第一版第一次印行
2024年6月第一版第四次印行
定價｜380元 書號｜BKKP0309P ISBN｜978-626-305-283-3（精裝）

訂購服務

親子天下Shopping｜shopping.parenting.com.tw
海外・大量訂購｜parenting@cw.com.tw
書香花園｜台北市建國北路二段6巷11號 電話（02）2506-1635
劃撥帳號｜50331356 親子天下股份有限公司

作者簡介 賴馬

繪本作家，育有二女一子，創作靈感皆來自生活感受。
創作近三十年，繪本共有16本，海內外合計暢銷三百萬本。
作品獲獎無數，如圖書最高榮譽兒童及少年圖書金鼎獎等，
更曾榮登博客來華人百大暢銷作家第一名，
是史上首位獲此殊榮的本土兒童圖畫書創作者。
作品被翻譯、發行多國語言，
故事也多次改編成音樂劇與舞台劇演出，
圖像亦發展和授權多種週邊商品。
賴馬作品首重創意，講究邏輯、前後呼應。
擅長圖像語言，形象幽默可愛，貼近幼兒理解。
構圖嚴謹巧妙，配色舒服耐看，並處處暗藏巧思。
多年來深受孩子和家長喜愛，每一部作品都成為親子共讀的經典。

主要作品

《我變成一隻噴火龍了！》、《慌張先生》、
《帕拉帕拉山的妖怪》、《早起的一天》、
《金太陽 銀太陽》、《胖先生和高大個》(與楊麗玲合著)、
《十二生肖的故事》、《猜一猜 我是誰？》、
《生氣王子》、《愛哭公主》(與賴曉妍合著)、
《勇敢小火車》(與賴曉妍合著)、
《朱瑞福的游泳課》(與賴曉妍合著)、
《最棒的禮物》、《我們班的新同學 斑傑明・馬利》、
《一樣不一樣 斑傑明・馬利的找找遊戲書》，
還有這一本《我家附近的流浪狗》。

如果你想養狗，你會照顧牠、陪牠一起玩嗎？
測驗看看，你適不適合養狗，能不能當個好主人呢？

你真的很想養狗嗎？

是

家人都同意也願意和你一起照顧小狗嗎？

是

家裡有足夠的空間養狗嗎？

有

你知道餵小狗吃什麼才健康嗎？

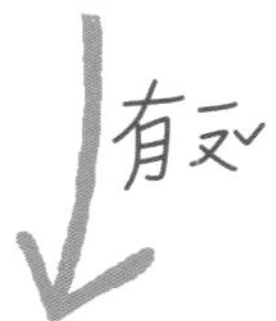

不知道

你必須知道更多養狗的知識。

不是

你還是先玩小布狗吧。

不是

如果不確定，那你並不適合養狗。

有

家裡有大一點的空間比較適合喲。

你可以常常陪小狗玩嗎？

不可以

小狗要多活動才健康。

可以

小狗生病時你會帶牠去看醫生嗎？

道

你會幫小狗清潔洗澡嗎？

會

不會

小狗和你一樣也愛乾淨。

不會

小狗生病會很不舒服喔。

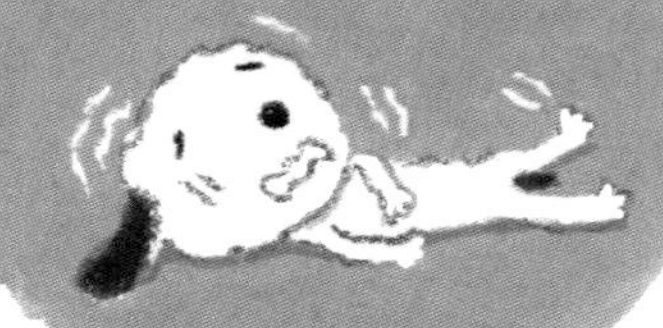

會

耶！我通過了！

我很適合養狗。

關於狗的小知識

目前全世界約有7億隻狗，
狗的品種保守估計有100種以上。

抬腿尿尿宣告
領土範圍。

大型狗的平均壽命為12到15歲，
小型狗為15到18歲，喜歡群居很怕寂寞。
在狗狗眼裡主人就是牠的全世界。

狗在傷心的時候
也會流眼淚。

狗的嗅覺超強，掌管嗅覺
的腦區域是人的40倍。

狗的繁殖力很強，
母狗懷孕期為2個月，
一次可生產1到12隻幼犬。

耳朵可以獨自動作。

狗的聽力很好，可以聽到
比人遠4倍距離外的聲音。

狗的視力不太好，超過80公尺
就無法分辨主人。狗不完全是
色盲，還可以分辨藍色和黃色。

高興或想討好人的時候
會搖尾巴。

跑起來，時速可高達
60公里以上。

健康的狗鼻子
是溼潤的。

狗的屁特別臭。

在密閉的空間，狗的
叫聲可高達110分貝。

狗和貓都很會掉毛，
狗有明顯的體味。

身上可能
會有跳蚤、
壁蝨，需
定期除蟲。

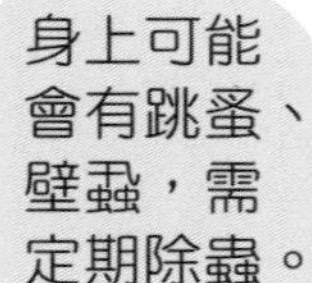

害怕的時候會
夾著尾巴逃跑。

互聞對方屁股的味道是狗打招呼
和了解對方的方式。

即使離家很遠也
能藉著高超的識
路本能找到回家
的路。

狗也需要運動。如在公寓養狗，
每天至少要帶牠出去散步一次。

臺灣的流浪狗

根據2020年農委會公布全國的
遊蕩犬(流浪狗加放養狗)
推估為15萬5千多隻。

家犬的來源：
贈送、購買、
認養。

養狗的原因：
當寵物、作伴、
看家等。

狗、貓和魚，是人們
飼養寵物的前三名。

遊蕩犬產生的原因：

1. 野化犬之間的交配繁殖，大多生活在淺山或野地。
2. 沒有絕育的放養犬，大多在鄉村和郊區。
3. 民眾棄養和走失的狗。

誰最常被狗咬傷：
郵差、路人、獸醫師及
5到9歲的男孩。

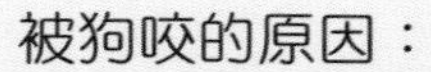

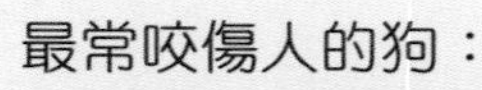

棄養狗的原因：
狗的體積太大、隨地大小便、
狗的臭味、咬壞家具或鞋子、
有攻擊行為、家人反對、
狗生病等。

流浪狗因疾病、
車禍、被捕捉、
虐殺、飢餓、暑
熱等原因，壽命
大概只有兩年。

最常咬傷人的狗：
別人飼養的狗為最多，
其次是流浪狗，自家養
的狗也可能咬傷主人。

被狗咬的原因：
人突然侵入狗的
勢力範圍、和狗
玩得太興奮、戲
弄陌生的狗或是
吵醒睡覺中的狗
等。

大多數的流浪狗身上
都有皮膚病。

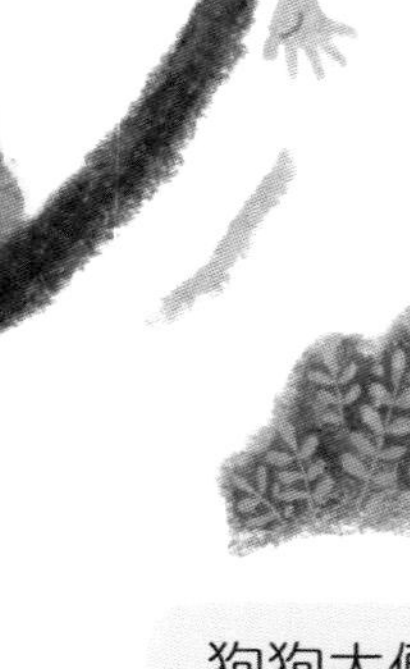

路上的狗大便，
除了是流浪狗的之外，
遛狗時留下來的也不少。

狗狗大便後踢土是
為了散開氣味。

政府年捕犬數約2萬隻，
因零撲殺制度也導致收容所
空間嚴重不足。

除了狗之外，
貓也是很多人養的寵物喔！

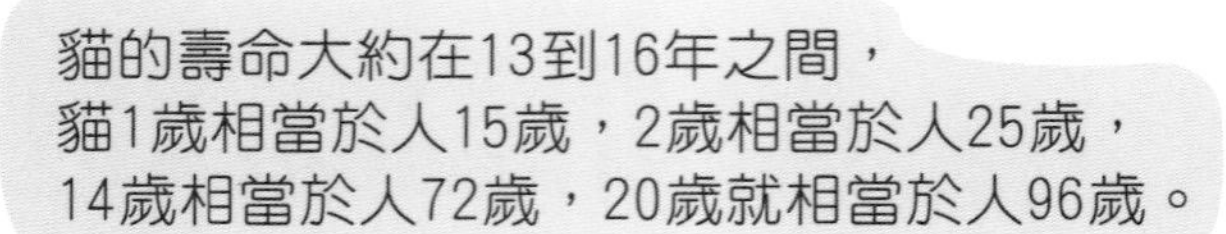

全世界約有5億隻家貓，40多個品種。

貓能看見人所看不見的光線，所以有時候我們會看到貓咪盯著一個地方看很久。

貓的壽命大約在13到16年之間，貓1歲相當於人15歲，2歲相當於人25歲，14歲相當於人72歲，20歲就相當於人96歲。

貓每胎可生3至9隻小貓，一生中可以生下100隻貓。

若貓咪尾巴直直地豎起來，末端微微地捲起，代表牠們正感到十分開心、正向、樂於探索的狀態。

貓用鼻子來感知溫度。貓咪的嗅覺強，能嗅到你身上留下的氣味。

貓咪的耳朵能夠聽見人類所不能聽見的超音波頻率。

貓是最愛睡覺的哺乳動物之一，大多數的貓一天中要睡16個小時。

貓的鬍鬚也稱為「觸毛」，有感知危險、避開障礙、感知對方動作以及傳達感情的作用。一年會長兩次，脫落後就會再長出來。

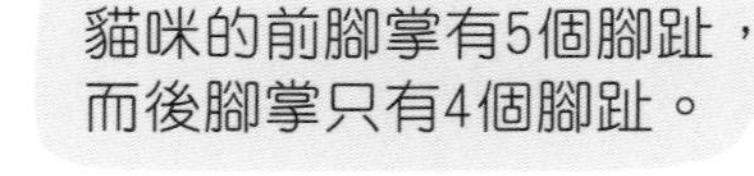

貓咪的前腳掌有5個腳趾，而後腳掌只有4個腳趾。

在短時間內全速奔跑100公尺。人類男子的世界紀錄為9.58秒，

一般的狗約7.2秒，

貓約6.5秒。

短跑時，貓要比狗快；長跑時，狗勝於貓。

貓的彈跳力可達自身身高的5倍以上，約1.5公尺以上。

貓爬上樹是一件非常輕鬆的事情。

貓咪有高空著陸的本能，這種特點被稱為「翻正反射」。貓的背骨關節非常柔軟，能讓身體扭轉超過180度。

三花貓幾乎都是母貓，公貓的機率大約為三萬分之一。（招財瓷貓塑像是公貓喔！）

貓咪討厭洗澡，更不愛游泳。

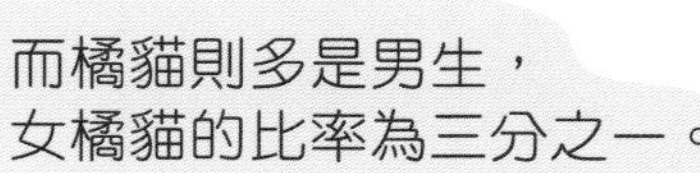

而橘貓則多是男生，女橘貓的比率為三分之一。

貓生氣或驚嚇會豎起毛髮（炸毛），開心是少數特例。

貓咪會叫你起床？其實是確認餵牠貓糧的人還活著嗎。

臺灣的流浪貓

根據2021年全國登記在案的寵物，家犬約131萬隻，家貓約68萬隻。但由於貓善於躲藏，繁衍的速度又快，所以流浪貓的數量難以估算。

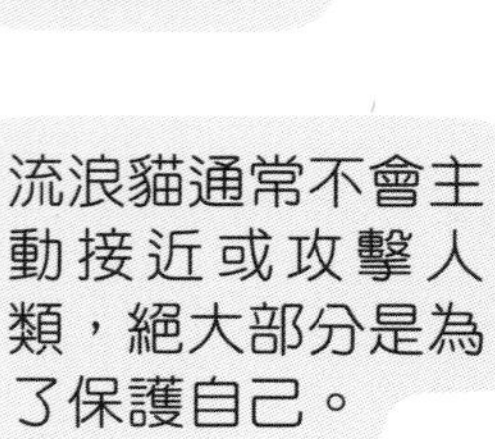

流浪貓生活所產生的排泄或發情時的叫聲，有時會帶給民眾困擾。

流浪貓通常不會主動接近或攻擊人類，絕大部分是為了保護自己。

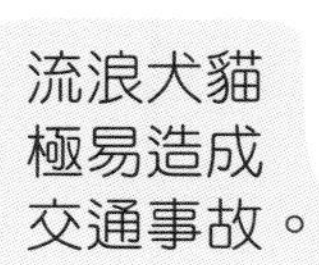

流浪犬貓極易造成交通事故。

流浪貓狗在TNR（捕捉、絕育、釋放）以後會在耳朵剪一個三角形缺口（公左耳母右耳）以利判斷，而不須再捕捉。

流浪貓的產生主因包括：飼主放養、流浪貓之間交配繁殖、惡意棄養、走失等等（與流浪狗很像）。

收容所的動物有很多是棄養的人直接送去的。

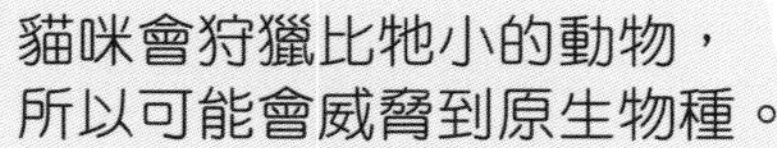

貓咪會狩獵比牠小的動物，所以可能會威脅到原生物種。

作者的話

25年前，這本書誕生，
當時的書名是《我和我家附近的野狗們》
曾獲得聯合報《讀書人》年度童書等幾個獎項的殊榮，
如今能重新整理出版，真的非常高興。

小時候，我家附近遊蕩著許多放養犬和流浪狗，
時常為了避免和牠們正面相遇、選擇繞路而行，
也有不慎狹路相逢的經驗，是這本書的創作源起。
然而多年來，台灣社會在友愛動物、對待流浪動物
以及公德心有大幅的進步。
相較於從前，都市已經較少看到流浪狗，而遛狗的飼主也會
記得幫寵物處理糞便，因此在路上踩到狗大便的機會也變少了。
不過，除了大都會區，鄉間、淺山和森林公園等地，
成群的野化犬和放養犬依然很多，不時還是會聽聞因為狗而造成
的傷害事件，如咬人、車禍、危害生態等等。

我很喜愛動物，故事常以動物為主角，也經常帶孩子們去動物園、
在動物園待上一整天，觀察動物是件很有趣的事。
但是，雖然很喜歡動物，我卻很少養寵物。
小時候家裡過養狗，長大後只養過一隻牡丹鸚鵡和魚，
覺得自己還算能照顧牠們。

有了小孩後，孩子們看到可愛的小動物，也會吵著要養。
「我們家養你們三隻已經額滿了，要再養一隻的話，
就有一個人得出去流浪。」媽媽說。
沒想到，三個孩子不約而同地指向我……

再次出版這本書，我依據時空背景的改變，
增加資訊、修潤文圖、保留珍貴的部份。
特別是大女兒樸拙的手寫字，和我們一起合力完成的地圖。

附錄的內容皆為最新的調查和報告，參考了眾多網路資料、
貓犬專業書籍及農委會發佈的新聞稿，最後並委請專家審訂，
書名則改為《我家附近的流浪狗》。

希望用故事，讓孩子在讀繪本的年齡，自然地去認識流浪動物的問題。
一旦養了動物，就有義務對牠們的一生負責，
更不能造成他人的困擾及環境的負擔。
期待我們的社會，能朝向更加善待及友愛動物的方向前進。

遇到流浪狗的自保方法

1，公園、樹林、空地等處，容易有流浪狗聚集，應避免兒童獨自前往。

2，流浪狗常出沒的地方，避免獨自行走或邊走邊吃東西。

3，狗有追獵習性，遇到惡犬「別奔跑」以免遭到追逐。

4，側身站立，雙眼目視狗的背部，可讓狗感受到人的威勢而害怕。

5，可用眼角餘光監視流浪狗的行動，行走弧線繞過或緩慢倒退離開現場，不要背對犬隻奔跑。

我家。
7-11